De Kronieken van Oz
Verhaaltjes uit Oz
De Laffe Leeuw en de Hongerige Tijger

De Kronieken van Oz

www.kroniekenvanoz.nl

www.facebook.com/DeKroniekenVanOz

@KronvanOz

info@kroniekenvanoz.nl

www.kroniekenvanoz.nl/download_audioboeken

Toegangscode voor de download: Tijger_van_Oz1913

'De Kronieken van Oz' bestaan uit de volgende delen:

De Wonderbaarlijke Tovenaar van Oz (ISBN: 978-90-8-21782-27)
Het Wonderlijke Land van Oz (ISBN: 978-90-821782-65)
Vreemde bezoekers uit Oz

Het Wokkelkever boek
Ozma van Oz
Doortje en de Tovenaar in Oz

De Weg naar Oz
De Smaragd Stad van Oz
Het Lappenmeisje van Oz

Verhaaltjes uit Oz
Tik-Tak van Oz
De Vogelverschrikker van Oz

Rinkitink in Oz
De Verloren Prinses van Oz
De Blikken Houthakker van Oz

De Magie van Oz
Glinda van Oz
Lexicon en Minibiografie

De Kronieken van Oz:
Verhaaltjes uit Oz:
"De Laffe Leeuw en de Hongerige Tijger"

Nur: 280 (277, 334)
ISBN: 978 0 821782 34

Oorspronkelijke titel: Little Wizard Stories of Oz: The Cowardly Lion and the Hungry Tiger
Auteur: Lyman Frank Baum (De Koninklijke Geschiedschrijver van Oz)
Eerste publicatie: 1913
Eerste druk: 2015 (e-boek)
Deze druk: eerste druk, eerste oplage 2018 (herzien), speciale editie
Omslag & illustratries: Monique Luiken voor DessinDestin
Vertaling: Jeroen van Luiken-Bakker
Audioboek voorgelezen door: Bob Blinkhof
Uitgever: Ahvô Braiths, Beverwijk

Inhoud:

Verhaaltjes uit Oz:
De Laffe Leeuw en de Hongerige Tijger

In het prachtige paleis van de Smaragd Stad, dat in het hart van het magische Land van Oz ligt, is een grote Troonzaal, met daarin een grote troon met glimmende smaragden, waarop Prinses Ozma, de regentes, elke dag wel een uur zat te luisteren naar de problemen van haar volk, die ze maar wat graag aan haar vertelden. Rondom de troon van Ozma verzamelden zich, bij zulke gelegenheden, alle belangrijke personen uit Oz, zoals de Vogelverschrikker, Sjaak Pompoenstaak, Tiktak de Uurwerk Man, de Blikken Houthakker, de Tovenaar van Oz, de Harige Man, en andere beroemde sprookjesfiguren. Doortje had meestal een plekje aan de voeten van Ozma, en aan weerszijden van de troon lagen twee enorm grote beesten, beter bekend als de Hongerige Tijger en de Laffe Leeuw.

Deze twee beesten waren Ozma's trouwste beschermers, maar aangezien iedereen van deze mooie meisjes Prinses hield was er nog nooit een verstoring geweest in de Troonzaal, dus zat er voor de bewakers niets anders op dan streng en plechtig te kijken tot de Koninklijke Audiëntie over was en de mensen weer terug naar hun huizen gingen.

Natuurlijk durfde niemand stout of ondeugend te zijn zolang de grote Leeuw en Tijger gehurkt naast de troon zaten; maar het toeval wil dat de mensen in Oz maar zelden stout waren. De beschermers van Ozma waren dan ook eerder een versiering dan dat ze nuttig waren, en niemand realiseerde zich dat beter dan de beesten zelf.

Op een dag, nadat iedereen de Troonzaal had verlaten behalve de Laffe Leeuw en de Hongerige Tijger, moest de Leeuw gapen en hij zei tegen zijn vriend:

"Ik begin deze baan beu te worden. Niemand is bang van ons en niemand let op ons."

"Dat is waar," antwoordde de grote Tijger, die zachtjes lag te

spinnen. *"We zouden net zo goed in de dichtbegroeide wouden, waar we geboren zijn, kunnen verblijven, als dat we hier Ozma proberen te beschermen als ze geen bescherming nodig heeft. Bovendien heb ik altijd zo'n honger."*

"Je hebt hier genoeg te eten, dat weet ik zeker," zei de Leeuw, die zijn staart heen en weer kwispelde.

"Genoeg, misschien; maar niet het eten waar ik naar snak," antwoordde de Tijger. *"Ik snak naar dikke baby's. Ik verlang er zo naar om een paar vette baby's te eten. Misschien dat de mensen van Oz me dan vrezen en dan zou ik belangrijker zijn."*

"Dat is waar," beaamde de Leeuw. *"Het zou voor heel wat opschudding zorgen als je ook maar één vette baby zou opeten. Wat mijzelf betreft; mijn klauwen zijn zo scherp als naalden en zo sterk als koevoeten en mijn tanden zijn sterk genoeg om iemand binnen enkele seconden in stukken te scheuren. Als ik iemand zou bespringen en gehakt van hem zou maken, zou er heel wat onrust in de Smaragd Stad zijn en de mensen zouden mij op hun knieën smeken om genade. Dat, denk ik, zou mij aanzienlijk belangrijk maken."*

"Nadat je deze persoon in mootjes hebt gehakt, wat zou je dan doen?" vroeg de Tijger slaperig.

"Ik zou heel hard brullen, zo hard dat de aarde ervan zou trillen, en dan zou ik wegsluipen en mezelf in het woud verschuilen, voor iemand me kon aanvallen of doodmaken om wat ik had gedaan."

"Ik snap het," knikte de Tijger. *"Je bent echt een lafaard."*

"Zeker weten. Daarom word ik ook de Laffe Leeuw genoemd. Dat is ook waarom ik altijd zo tam en vredig ben geweest," voegde de Leeuw er met een zucht aan toe, *"en het zou goed zijn om eens te laten zien wat voor een verschrikkelijk beest ik eigenlijk ben."*

De Tijger bleef een poosje stil, en terwijl hij diep nadacht waste hij zijn gezicht met zijn linkerpoot. Toen zei hij:

"Ik word oud, en het zou me een groot plezier doen om tenminste één dikke baby te eten voor ik sterf. Stel dat we de mensen van Oz eens zouden verrassen en ze onze kracht tonen. Wat zeg je er van? Als we straks naar buiten lopen, zoals altijd, dan zal ik de eerste baby die we tegenkomen in een oogwenk oppeuzelen, en de eerste man of vrouw die we tegenkomen scheur jij in stukken. Dan rennen we snel de stad uit en

dan stuiven we over het land en verschuilen ons in het woud voor iemand ons kan stoppen."

"*Goed; ik doe mee,*" zei de Leeuw, en gaapte om zijn twee rijen met vlijmscherpe tanden te laten zien.

De Tijger stond op en rekte en strekte zijn grote glanzende lijf.

"*Kom op,*" zei hij. De Leeuw stond op en bewees dat hij de grootste van de twee was, hij was tenslotte bijna zo groot als een klein paard.

Ze liepen het paleis uit, en zagen niemand. Ze liepen door de prachtige tuinen, langs de fonteinen en de borders met liefelijke bloemen, maar ze kwamen niemand tegen. Ze ontgrendelden een poort en liepen de straten van de stad in, en er was nog steeds niemand te bekennen.

"*Ik vraag me af hoe een dikke baby zal smaken,*" merkte de Tijger op, terwijl ze majesteitelijk naast elkaar liepen.

"*Ik verwacht dat het smaakt als nootmuskaat,*" zei de Leeuw.

"*Nee,*" zei de Tijger, "*ik denk dat het als tumtummies smaakt.*"

Ze liepen een hoek om, maar ook die straat was verlaten, want de mensen van de Smaragd Stad waren er aan gewend om een tukkie te doen op dit uur van de middag.

"*Ik vraag me af in hoeveel stukjes ik een persoon moet scheuren,*" zei de Leeuw bedachtzaam.

"*Zestig zou genoeg moeten zijn, denk ik,*" suggereerde de Tijger.

"*Zou dat pijnlijker zijn dan iemand in een dozijn stukjes scheuren?*" wilde de Leeuw weten terwijl er een kleine rilling door hem heen ging.

"*Wat maakt het uit of het pijn doet of niet?*" gromde de Tijger.

De Leeuw reageerde daar niet op. Ze liepen een zijstraat in, maar ook daar was niemand.

Opeens hoorden ze een kind huilen. "*A-ha!*" riep de Tijger. "*Daar zul je mijn vlees hebben.*"

Hij haastte zich de hoek om, en de Leeuw volgde hem, en daar zat een dikke baby midden op straat te huilen alsof hij in grote nood was.

"*Wat is er aan de hand?*" vroeg de Tijger, die voor de baby op zijn achterste poten ging zitten.

"*I-i-ikke zie mijn m-m-mamma ni-ni-niet!*" jammerde de baby.

"*Och, kleine arme schat,*" zei het grote beest, terwijl hij zachtjes het babygezichtje streelde met zijn poot. "*Niet huilen, schatje, mamma zal niet ver weg zijn en ik zal je helpen haar te vinden."*

"Nou toe dan," zei de Leeuw, die erbij stond te kijken.

"Doe wat?" vroeg de Tijger, die opkeek.

"Nou toe dan, en eet de dikke baby."

"Oh, jij grote bruut!" zei de Tijger verwijtend; *"wil je dat ik een arme kleine verdwaalde baby, die niet eens weet waar zijn moeder is, opeet?"* En het beest nam de kleine in zijn, sterke, harige voorpoten en troostte de baby door het voorzichtig heen en weer te wiegen.

De Leeuw gromde laag in zijn keel en leek erg teleurgesteld; maar op dat moment klonk er een schreeuw in hun oren en een vrouw kwam een huis uitgerend de straat op. Toen ze haar baby in de omhelzing van de monsterlijke Tijger zag gaf de vrouw nog een schreeuw en ze stoof naar voren om haar baby te redden, maar in haar haast bleef ze met haar voet haken in de jurk die ze droeg en tuimelde halsoverkop en kopoverhals over straat en ze kwam met zo'n harde klap tot stilstand dat ze sterretjes aan de hemel zag, al was het op klaarlichte dag. En daar lag ze dan, in een hulpeloze toestand, helemaal versuft en niet in staat om zich te verroeren. Met één sprong en een brul als van de donder stond de Leeuw naast haar. Hij nam de jurk tussen zijn sterke kaken en zette de vrouw weer rechtovereind.

"Arm ding! Gaat het wel?" vroeg hij vriendelijk.

Happend naar lucht worstelde de vrouw zich vrij uit de greep van de Leeuw en probeerde om zelf op eigen benen te staan maar hinkte behoorlijk en viel weer op de grond.

"Mijn baby!" zei ze smekend.

"De baby mankeert niets; maak je geen zorgen," antwoordde de Leeuw; en toen voegde hij er nog aan toe: *"Als je kalm blijft, zal ik je terug naar je huis brengen en de Hongerige Tijger zal de baby voor je dragen."*

De Tijger, die inmiddels met de baby ook was aan komen lopen vroeg verbaasd:

"Ga je haar niet in zestig stukken scheuren?"

"Nee, en ook niet in zes stukken," antwoordde de Leeuw verontwaardigd. *"Ik ben geen bruut die een arme vrouw, die zichzelf pijn deed*

 zei de Leeuw waar-
dig. Daarna pakte hij de vrouw voorzichtig op en bracht haar naar haar
huis en legde haar op de sofa. De Tijger volgde met de baby en legde
die veilig naast zijn moeder. De kleine vond de Hongerige Tijger erg
leuk en pakte het enorme beest bij zijn oren en gaf hem een kus op zijn
neus om het beest te laten zien hoe dankbaar en blij hij was.

 zei de vrouw.

De Hongerige Tijger en de Laffe Leeuw lieten hun hoofden
hangen en ze keken elkaar niet in de ogen want ze waren beschaamd en
op hun plaats gezet. Ze kropen weg en dropen af door de straten tot ze
terug op de paleisgronden waren, en ze gingen terug naar de comforta-
bele vertrekken die ze achter in het paleis hadden. Ze kropen elk stille-
tjes in hun eigen hoek om hun avontuur te overdenken.

Na een poosje zei de Tijger slaperig:

De Leeuw gromde minachtend.

 zei hij.

 sneerde de Tij-
ger terug.

De Leeuw tikte nerveus met de punt van
zijn staart tegen de vloer.

ren worden mijn klauwen vies en mijn tanden bot," zei hij. "Ik ben blij dat ik mezelf niet heb bevuild door die arme moeder te verscheuren."

De Tijger keek hem strak aan en toen gaf hij een diepe gaap.

"Je bent werkelijk een lafaard," merkte hij op.

"Maar," zei de Leeuw, *"het is beter een lafaard te zijn dan om iets verkeerds te doen."*

"Zeker," zei de ander. *"En dat doet mij denken dat ik bijna mijn reputatie was kwijtgeraakt. Want zou ik de dikke baby hebben gegeten dan zou ik nu niet meer de Hongerige Tijger zijn. Het is beter om hongerig te zijn, dunkt me, dan om wreed tegen een klein kind te zijn."*

Toen legden ze hun hoofden op hun poten en gingen slapen.

Interview met Monique Luiken

Monique Luiken is de illustrator van 'De Kronieken van Oz', en ze is bereid om een paar korte vragen te beantwoorden. Ze is woonachtig in Beverwijk waar ze ook tekenlessen verzorgt.

Q. Hoe oud was je toen je wist dat tekenaar wilde worden?

A. Toen ik kon tekenen dus als klein kind. Maar helaas duurde het een tijdje voordat ik echt durfde te tekenen. Ik had veel last van faalangst. Daarom probeer ik nu kinderen en volwassenen te helpen om niet bang te zijn om op hun eigen manier te tekenen, want tekenen geeft zoveel plezier dat het zonde is om het niet te doen omdat je denkt dat het niet goed genoeg is.

Q. Wat is je favoriete kleur?

A. Dat verandert steeds, op dit moment heb ik iets met mintgroen. Dan moet ook alles mintgroen zijn, kussens en kaarsen in huis, brievenbakjes, werkspullen. Ik omring mij dan met een kleur die me inspireert maar gek genoeg gebruik ik die kleur niet in mijn werk. Ik werk op dit moment graag met zwart/wit en soms een steunkleur.

Q. Wat is er zo leuk aan tekenen?

A. Je kunt je eigen wereld scheppen, verzinnen, jij bent de baas over wat er in jouw tekening gebeurt. Soms vragen tekenleerlingen mij: "Mag ik

12

hier een paard tekenen?" Of "Mag ik dit blauw maken?" Mijn antwoord is altijd: "Het is jouw tekening, dus jij mag doen wat je wilt, al wil je de wolken paars maken en de mensen geel, doe wat jij wilt in jouw tekening".

Q. Kan ik ook een tekenaar worden?

A. Natuurlijk! Maar als je een echt goede tekenaar wilt worden, kun je het beste zoveel mogelijk tekenen, liefst elke dag. En teken ook eens naar de werkelijkheid, bijvoorbeeld een zelfportret met een spiegel of in Artis of buiten op straat of in een museum. Of teken maskers en voorwerpen na uit een boek over bijvoorbeeld het oude Mexico of Afrika. Of oude foto's.

En ga vooral op je eigen manier tekenen, kijk naar tekeningen van anderen en leer van andere tekenaars maar doe het op je eigen manier. Vergelijk je werk niet met dat van andere tekenaars. Wees niet al te streng voor jezelf, van fouten maken leer je.

En wees ook niet bang om dingen te veranderen als je het zelf niet goed vindt. Je blijft je hele leven leren, denk nooit: dat kan ik al, want je kunt altijd nog iets leren. Dat maakt het juist ook zo leuk!!

Q. Wat teken je het liefst?

A. Mensen, fantasie figuren, gezichten, enge monsters.

Q. Wat was je eerste kennismaking met het Oz verhaal?

A. Als kind zag ik de bekende Hollywoodfilm The Wizard of Oz (De tovenaar van Oz) en nu ik het boek eindelijk gelezen heb, zie ik dat er veel verschillen zijn en hoe leuk het boek is. Ook wist ik niet dat er nog 16 andere delen zijn! Ik ben blij dat deze nu door Jeroen vertaald worden zodat alle kinderen én volwassenen in Nederland hier ook van kunnen genieten.

Q. Wat vindt je het leukste in het eerste Oz boek?

A. Ik wil niets verraden van het verhaal maar ik zal het zo zeggen; Dat uiteindelijk blijkt dat wat de personen zoeken eigenlijk al in ze aanwezig is. Alles wat je zoekt, zit al in je.

Q. Is het moeilijk om voor de Oz boeken te tekenen?

A. Het is een uitdaging en spannend om te doen en het is fijn als een tekening goed gelukt is. Sommige onderwerpen zijn moeilijker, ik ben niet zo goed in paardachtigen en katachtigen en huizen. Maar ook dan is het juist leuk om het te doen want daar leer ik van.

Q. Wat was je eerste Oz tekening?

A. Doortje met Toto in de deuropening.

Q. Waar kunnen mensen je vinden als ze ook tekenless willen?

A. Iedereen kan terecht op www.dessindestin.art en daar staan mijn contact gegevens, ze mogen ook een mail sturen naar dessindestin@gmail.com.

In het overgrote deel van de Engelssprekende wereld zijn de Oz boeken van L. Frank Baum onderdeel van de culturele geschiedenis, al sinds de vroege jaren van de 20ste eeuw. Baum's wereld beroemde boek 'The Wonderful Wizard of Oz' is dan ook in vele talen over de gehele wereld vertaald, en er zijn zelfs vele, vele, vertalingen en bewerkingen van in het Nederlands, echter het, in het Nederlands bekendstaande, boek 'De Tovenaar van Oz' is tevens het Nederlandse eindstation van de avonturen van Doortje en haar vrienden.

Als kind wilde ik de andere verhalen van Doortje en haar vrienden in het Nederlands lezen maar ik werd diep teleurgesteld omdat er geen andere boeken van Baum in vertaling beschikbaar waren. Ik beloofde mezelf en de kinderen van de wereld dat wanneer er op mijn 30ste verjaardag geen Nederlandse vertalingen beschikbaar waren ik zelf die vertalingen zou gaan maken.

Nu, een paar jaar te laat, voel ik de verplichting om die belofte na te komen, en ik ben er dan ook trots op dat ik, voor het eerst in de Nederlandse geschiedenis, de volledige Nederlandse vertalingen van alle oorspronkelijke Oz verhalen van Lyman Frank Baum mag presenteren. De reeks zal worden afgesloten met een mini biografie en een Nederlandstalige lexicon. Alle boeken in de reeks zullen worden voorzien van illustraties van DessinDestin illustrator Monique Luiken en de reeks zal worden aangevuld met een aantal luisterboeken, met bijzondere dank aan Bob Blinkhof voor het gebruik van zijn prachtige stem en persoonlijkheid.

De reeks zal worden uitgegeven door uitgeverij Ahvô Braiths, die het aan durft om zo'n omvangrijk project te omarmen.

Het begon allemaal voor mij met de Lekturama Luister Sprookjes en Vertellingen met cassette en meelees boek. In één deel van de lange reeks werd het verhaal 'De Tovenaar van Oz' verteld, wonderschoon voorgedragen door Frans van Dusschoten en Trudy Libosan, en het bijbehorende boek bevatte prachtige tekeningen van Peter Dennis.

16

In de loop van de jaren 80 van de vorige eeuw verscheen er op de Nederlandse televisie een Nederlandse bewerking van een Japanse animatie-serie gebaseerd op een flink aantal Oz boeken. Ik heb heel wat uren in de stoel uit de titelsong doorgebracht. Ik vind het dan ook zó ontzettend jammer dat deze prachtige serie nooit in Nederland op dvd of blu ray is verschenen. Misschien dat de aandacht voor Oz, die volop groeiende is de laatste jaren, daar verandering in kan brengen. Deze serie heeft definitief mijn belangstelling voor Oz aangewakkerd, het is zowel een hoogstaand staaltje Nederlandse taalkunde als enorm vermakelijk en bijzonder aangenaam geacteerd en prachtig ge-animeerd. Ik zou er trots op zijn als ik bij benadering zo lenig met de Nederlandse taal kon zijn bij mijn eigen vertalingen.

Begin jaren 90 kom ik bij mijn buurmeisje, Regina, over de vloer en zij had toen een LP draaien met muziek. De muziek sprak mij aan en ik vroeg haar wat het was. Het bleek muziek te zijn van de 1978 musical-film The Wiz, met Diana Ross en Michael Jackson, en vele anderen. Ik vroeg haar of ik de LP mocht lenen, maar dat wilde ze niet, hij was haar te dierbaar om uit te lenen. Enige tijd later kwam ze met een cassette en een geheel uitgetypt boekje aanzetten. Ze had de muziek, die ik inmiddels een paar keer bij haar had beluisterd, opgenomen en het volledige libretto (liedteksten) uitgeschreven. Dit cadeau vormde later de basis voor een spreekbeurt op school voor het vak Muziek. Het was ook de reden dat ik het toenmalige Veronica aanschreef met de vraag of ze de musicalfilm wilden uitzenden, helaas was het antwoord dat ik kreeg teleurstellend. Een passie was geboren.

Het was ook in deze periode dat ik zelf Oz verhalen en films-cenario's schreef en zgn props probeerde te maken, zo pakte ik hakken uit de verkleedkist in met aluminiumfolie om de zilveren schoenen na te maken etc. Hier begon ook mijn teleurstellende speurtocht naar andere Oz boeken in het Nederlands. Na een aantal maal door een boekhande-laar met een kluitje het riet te zijn ingestuurd was de eigenaar van de toenmalige Bruna van Winkelcentrum de Wijkerbaan (te Beverwijk) zo vriendelijk om flink de tijd voor mij te nemen en het computersysteem binnenstebuiten te keren om mij te helpen. Uiteindelijk vonden 'we' vele, vele Oz boeken maar geen Nederlandse. Omdat ik destijds geen Engels las, simpelweg te jong, kon hij mij niet verder helpen. Blij en opgetogen over de hulp en vondst van meer Oz boeken maar teleurgesteld door een gebrek aan Nederlandse vertalingen beloofde ik mezelf dat als ik 30 was en er geen vertalingen zouden zijn dat ik deze dan zelf zou maken, al was het maar alleen voor mezelf.

Ik zal niet zeggen dat ik een grote Oz verzamelaar ben geworden, maar de passie voor het Land van Oz heeft mij ook nooit meer verlaten. In de loop van de tijd verzamelde ik enkele boeken en cd's en wat films en series. Nu een paar jaar na het verstrijken van de deadline van mijn 30ste verjaardag zijn we hier aanbeland, een goede start van een project waarvan ik hoop dat het vele kinderharten (volwassenen niet uitgesloten, je blijft tenslotte een kind van je vader en moeder) mag verblijden en verwarmen zoals Oz mijn hart heeft verblijd en verwarmd.

Alle goeds;
Jeroen van Luiken-Bakker

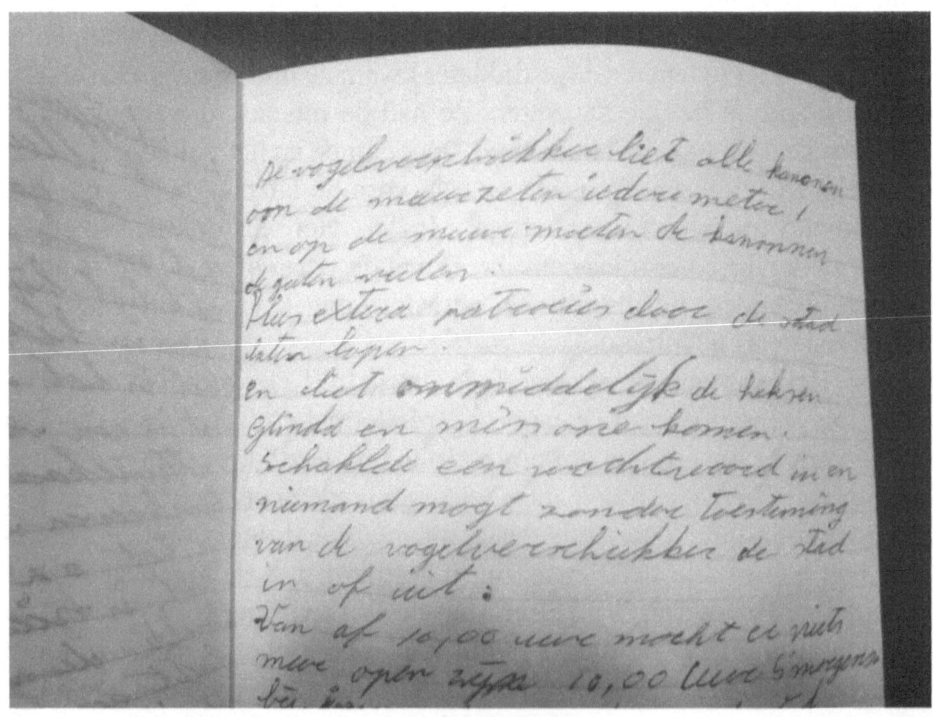

Afbeelding: een stukje zoals Jeroen vroeger zijn eigen Oz verhalen optekende in schriftjes.

Met dank aan:

U, de lezer, zonder wie de Koninklijke bibliotheek in de Smaragd Stad erg leeg zou zijn.

L. Frank Baum, voor de prachtige verhalen.

Bob Blinkhof , voor zijn stem en tomeloze enthousiasme.
"Dalam kegelapan dunia, Anda adalah bintang saya di cakrawala. " JB

Monique Luiken , illustrator voor DessinDestin. Dank voor alles wat je voor dit project doet.

Ina Luiken, proeflezen en corrector.

Heemskerk FM, voor nou en noggeris.

Jasper Kloosterboer, redder in nood.

Opa (1931-2018), voor altijd m'n opa, *"nergens zo iemand als hij, niemand zo aardig voor mij, in heel Europa m'n eigen opa*[1]*"*

---

[1] *'M'n opa', door A.M.G. Schmidt*

 **Weblinks:**

Waar kun je ons vinden:

Website: www.kroniekenvanoz.nl
Facebook: www.facebook.com/DeKroniekenVanOz
Twitter: @KronvanOz
Youtube: https://www.youtube.com/channel/UCMHhZeK8A27w-wYD-OKiOhgA

Audio boek download:

Link: www.kroniekenvanoz.nl/download_audioboeken
Toegangscode voor de download: *Tijger_van_Oz1913*

Persoonlijke websites:

Monique Luiken: www.dessindestin.art
Jeroen van Luiken-Bakker: www.jeroenvanluikenbakker.nl

Website van de uitgever:

Ahvô Braiths: www.ahvobraiths.nl

Over:

L. Frank Baum:

L. Frank Baum, was schrijver, journalist, dichter, acteur en filmmaker. Baum trouwde in 1882 met de feministe Maud Cage waar hij 4 kinderen mee kreeg. De boeken Mother Goose in Prose (1897) en Father Goose, His Book (1899) zijn werken die in meer of mindere mate bekend zijn geworden. Zijn definitieve doorbraak kwam echter met boek The Wonderful Wizard of Oz in 1900.

Monique Luiken:

DessinDestin illustrator Monique Luiken, tekende al als kind, droomde van de kunstacademie en heeft, na jarenlang gewerkt te hebben in de grafische sector, deze droom op volwassen leeftijd in vervulling laten gaan door een studie beeldhouwen/tekenen/schilderen aan de Wackers Academie in Amsterdam te volgen. Ook heeft Monique gewerkt in de naschoolse kinderopvang, verschillende cursussen gedaan, waaronder schrijven, fotografie en, op de Kunstacademie Haarlem o.a., grafiek en tekenen. Behalve illustraties voor DessinDestin, maakt Monique ook vrij werk, geeft zij tekenles en workshops en speelt zij graag op de klarinet in het BIIK orkest. Meer informatie over het werk van Monique kunt u vinden op:

www.dessindestin.art

Jeroen van Luiken-Bakker:

Jeroen Bakker, is journalist, schrijver, dichter en componist. Bij Jeroen wordt in 2001 dyslexie vastgesteld en in 2008 krijgt hij de diagnose Syndroom van Asperger, een Autisme Spectrum Stoornis. Jeroen is een groot supporter van de Friese vertalingen van de werken van JRR Tolkien en hij is dan ook bijzonder trots dat in 2009 De Friese Hobbit, vertaald door Anne Tjerk Popkema, mede dankzij zijn inzet, gepubliceerd kon worden. De komende jaren zal Jeroen veel tijd en energie steken in de vertalingen van de boeken van L(yman) Frank Baum die worden opgenomen in de reeks 'de Kronieken van Oz.'

www.jeroenvanluikenbakker.nl

Ahvô Braiths:

Ahvô Braiths is een zeer jonge uitgeverij gevestigd in Beverwijk. Met 'De Kronieken van Oz' waagt Ahvô Braiths zich aan een groot, eigenwijs en mooi project. Ahvô Braiths, is oud Gotisch voor 'water monding'. Ahvô ontwikkelde zich over tijd in het Nederlandse 'ai' en later 'IJ', wat nog steeds water betekent. Braiths werd 'monding' in modern Nederlands. Deze woorden gecombineerd betekenen water monding, oftewel 'IJmond', zoals de regio, waar de uitgeverij gevestigd is, heet en is daarom ook bekend als Uitgeverij IJmond.

www.ahvobraiths.nl

De Kronieken van Oz

De Wonderbaarlijke Tovenaar van Oz

Verhaalt over hoe Doortje, een meisje uit Kansas in Amerika, in het Land van Oz terechtkomt. Doortje probeert om weer thuis te komen bij haar tante Emma en oom Hendrik. Alleen de Grote en Verschrikkelijke Tovenaar van Oz kan haar helpen. Daarom moet Doortje de weg met de gele steentjes volgen om in de Smaragd Stad te komen, waar de Tovenaar woont, en onderweg beleeft ze met haar vrienden de spannendste avonturen die een meisje uit Kansas ooit zal kunnen beleven. Zal Doortje ooit weer thuis komen?

Het Wonderlijke Land van Oz

Verhaalt over de avonturen van Tip. Tip woont bij een oude feeks genaamd Mombi. Als het even kan maakt zij Tip het leven zuur. Als hun avonturen Tip en Sjaak Pompoenstaak naar de Smaragd Stad voeren zal Tip zich realiseren dat zijn leven nooit meer hetzelfde zal zijn, zeker als generaal Djindjur de Smaragd Stad bezet. Tip belandt van het ene avontuur in het andere en ontmoet de Vogelverschrikker, de Blikken Man en een bijzondere Wokkelkever. Zal de feeks Mombi in staat zijn om Tip weer in haar macht te krijgen? Blijft generaal Djindjur aan de macht in de Smaragd Stad?

Vreemde bezoekers uit Oz

Een waarheidsgetrouw verslag van de avonturen van de Vogelverschrikker, de Blikken Man, Professor O.R. Wokkelkever D.O. en hun vrienden in de vrij onbekende en grotendeels nog onverkende Verenigde Staten van Amerika.

Het Wokkelkeverboek

Verhaalt over de 'unieke avonturen' van professor O.R. Wokkelkever
D.O.

Ozma van Oz

Verhaalt over hoe Doortje in het Land van Ev terechtkomt, een mecha-
nische man ontmoet en gevangengenomen wordt door een prinses die
het hoofd van Doortje wil hebben. Alleen prinses Ozma kan haar nog
redden. Zal Ozma op tijd zijn? En wat is de rol van de Noomkoning in
dit alles?

Doortje en de Tovenaar in Oz

Verhaalt over hoe Doortje, Zep en de Tovenaar van Oz in de aarde terechtkomen, waar de mensen van groente zijn en waar huizen van glas
groeien als bomen. Doortje, Zep en de Tovenaar belanden van het ene
avontuur in het andere. Zullen ze ooit nog uit de aarde komen?

De Weg naar Oz

Ozma viert groot feest en alle notabelen uit omliggende 'sprookjeslan-
den' zijn uitgenodigd, onder wie Koningin Zixi van Ix. Dit boek verhaalt
over nieuwe avonturen van Doortje in Oz, waar ze veel nieuwe vrienden
ontmoet, zoals de dochter van de Regenboog, en waar ook enkele beken-
den terugkomen zoals Ozma, de Vogelverschrikker en de Blikken Man.

De Smaragd Stad van Oz

Oz is in groot gevaar, er dreigt een invasie van de Noomkoning en zijn
bergfeeën. Doortje en haar oom en tante reizen naar Oz zonder dit te weten. Hoe zal dat aflopen?

Het Lappenmeisje van Oz

Verhaalt over hoe het Lappenmeisje tot leven kwam en over Une en Ojo, twee Knibbelingen, die in grote problemen komen. Kan de machtige Tovenaar van Oz hen redden?

Verhaaltjes uit Oz

Zes korte verhalen over onder anderen Doortje en Toto, de Laffe Leeuw en de Hongerige Tijger, de Vogelverschrikker en de Blikken Man, en Ozma en de kleine Tovenaar.

Tik-Tak van Oz

Betsie en haar ezel Henk leiden schipbreuk en spoelen aan op het strand van een vreemd en onbekend land. Betsie en Henk komen op hun avonturen oog in oog te staan met het leger van de Noomkoning. Gelukkig is er hulp onderweg, maar zal die hulp op tijd komen?

De Vogelverschrikker van Oz

Het avontuur begint wanneer Trot en Kapt'n Bil langs de Grote Oceaankust van het Amerikaanse California roeien en ze plotseling in een kolkgat terechtkomen. Het tweetal wordt op miraculeuze wijze gered, en tot op de dag van vandaag beweert Trot dat zij onder water de handen van Meerminnen voelde. De Vogelverschrikker neemt de leiding over als Bill wordt veranderd in een kleine sprinkhaan met een houten poot. Hoe zal dat aflopen?

Rinkitink in Oz

Rinkitink is een jolige, dikke koning die zich moet bewijzen als hij met
Prins Inga van Pingarie in gevaarlijke avonturen belandt. Op hun avonturen komen ze zelfs helemaal naar het ondergrondse land van de Noomkoning. Het tweetal heeft drie magische parels, maar zal dat hen helpen
en zal Prins Inga stoutmoedig genoeg zijn om zijn ontvoerde ouders te
redden?

De Verdwenen Prinses van Oz

Ozma is verdwenen! Ze was al eens verdwenen, voor lange tijd, maar
dit is toch anders. Doortje en haar vrienden doen hun uiterste best om
Ozma te vinden. Overal in Oz wordt naar Ozma gezocht, maar zal ze ooit
gevonden worden?

De Blikken Houthakker van Oz

Toen de houthakker nog niet van blik was gemaakt, was hij verloofd met
Nimmie Amee. De Boze Heks van het Oosten betoverde zijn bijl en al
houthakkende hakte hij stuk voor stuk zijn lichaamsdelen eraf. Elke keer
wanneer de houthakker een stuk van zijn lichaam kwijt was, liet hij het
door een smid vervangen door een stuk van blik, totdat hij helemaal van
blik was gemaakt. Omdat hij na het verliezen van zijn lichaam geen hart
meer had, was hij niet meer verliefd op het meisje. De Boze Heks van het
Oosten had gewonnen. Nu hij weer een hart heeft, wil hij op zoek gaan
naar zijn verloofde. Zal hij haar ooit vinden en zal Nimmie al die tijd op
hem hebben gewacht?

De Magie van Oz

De Noomkoning heeft zijn zinnen gezet op wraak op Ozma en hij reist
af naar Oz. Onderweg komt hij de schelmachtige Kiki Aru tegen, die een

enorme kracht heeft ontdekt. Zal deze magische en mysterieuze kracht van Kiki Aru de Noomkoning eindelijk zijn langgekoesterde wraak op Ozma en haar vrienden brengen?

Glinda van Oz

Verhaalt over Doortje en Ozma, die naar een afgelegen deel van Oz reizen om een oorlog te stoppen. Maar ze worden onderweg gevangen in een stad onder een kristallen koepel die afzakt naar de bodem van een meer. Glinda en de Tovenaar zijn nu de enigen die Doortje en Ozma nog kunnen redden, maar komen ze op tijd?

Minibiografie, Lexicon

Bevat een compleet lexicon en een minibiografie van Lyman Frank Baum.

D_e K_{ronieken van} O_z : D_{ee}l 1:

D_e W_{onderbaarlijke} T_{ovenaar van} O_z

L. F_{rank} B_{aum}

Illustraties: Monique Luiken

Doortje luisterde met verbazing naar de kleine vrouw. Waarom noemde de vrouw haar een tovenares en waarom zei de vrouw dat Doortje de Boze Heks van het Oosten had gedood? Doortje was een onschuldig en ongevaarlijk klein meisje dat door een wervelstorm vele mijlen ver van huis was geraakt en ze had nog nooit ook maar een vlieg kwaad gedaan in haar hele leven.

Maar het was duidelijk dat de kleine vrouw een antwoord verwachtte van Doortje, dus zei ze wat stamelend:
"U bent erg aardig, maar er moet sprake zijn van een misverstand. Ik heb niemand doodgemaakt."

"Maar je huis wel," antwoordde de kleine oude vrouw met een glimlach, "en dat is hetzelfde. Kijk maar!" ging ze verder terwijl ze wees naar de hoek van het huis. "Er steken nog twee voeten onder het hout uit."

Doortje keek en gaf een gilletje van schrik. Ze zag inderdaad twee voeten onder de houten balk waar het huis op steunde uitsteken. De voeten zaten in een paar Zilveren Schoenen met puntige neuzen geschoven.
"O jee, o jee," riep Doortje wanhopig handenwringend uit, "het huis moet op haar gevallen zijn. Wat kunnen we doen?"
"Er is niets aan te doen," zei de kleine vrouw kalmpjes.
"Maar wie was ze dan?" vroeg Doortje.
"Zij was de Boze Heks van het Oosten, zoals ik al zei," antwoordde de kleine vrouw. "De Knibbelingen waren jarenlang haar slaven en ze moesten dag en nacht voor haar werken. Nu zijn ze eindelijk vrij en voor die gunst zijn ze je erg dankbaar."
"Wie zijn de Knibbelingen?" informeerde Doortje.

"Zij zijn het volk dat woont in het land van het Oosten, waar de Boze Heks de baas was."

"Bent u een Knibbeling?" vroeg Doortje.

"Nee, maar ik ben wel hun vriend, al leef ik in het land van het Noorden. Toen de Knibbelingen zagen dat de Heks van het Oosten dood was, hebben ze een snelle boodschapper naar mij toe gestuurd en ik kwam meteen. Ik ben de Heks van het Noorden.”

“O hemeltje!” riep Doortje uit. “Bent u een echte heks?”

“Ja, ik ben een heks,” antwoordde de kleine vrouw. “Maar ik ben een Goede Heks en de mensen houden van me. Ik ben niet zo machtig als de Boze Heks die hier de baas was, anders had ik het volk zelf wel van haar bevrijd.”

“Maar ik dacht dat alle heksen slecht waren,” zei het meisje, dat een beetje nerveus was geworden omdat ze tegenover een echte heks stond.

“O welnee, dat is een groot misverstand. Er zijn slechts vier heksen in het hele Land van Oz. Twee van hen, de heksen die in het Noorden en in het Zuiden wonen, zijn Goede Heksen. Ik weet dat dit waar is, want ik ben er zelf één van en ik kan me niet vergissen. De heksen die in het Oosten en in het Westen verblijven zijn, inderdaad, slechte heksen, maar nu jij er eentje hebt omgebracht is er nog maar één Boze Heks over in het Land van Oz en die leeft in het Westen.”

De Kronieken van Oz: Deel 2:

Het Wonderlijke Land van Oz

L. Frank Baum

Illustraties: Monique Luiken

Het Wonderlijke Land van Oz

een fragment uit hoofdstuk :

In het Land van de Nagelingen, dat in het Noorden van het Land van Oz ligt, woonde een jongen genaamd Tip. Er school meer in die naam dan je op het eerste gezicht zou vermoeden, want de oude Mombi verklaarde vaak dat zijn volledige naam Tippetarius was – maar er werd van niemand verwacht dat hij zo'n lange naam zou gebruiken als je ook kon volstaan met "Tip".

De jongen wist zich niets te herinneren van zijn ouders, want hij was al heel jong naar de oude vrouw, genaamd Mombi, gebracht, die hem had grootgebracht. De reputatie van Mombi, en het spijt me dit te moeten zeggen, was niet al te best. Het Nagelingenvolk had reden genoeg om te denken dat Mombi zich bekwaamde in de kunst van de magie, en kwam daarom liever niet in haar buurt.

Mombi was, om precies te zijn, geen heks, want de Goede Heks die dit deel van het Land van Oz regeerde had verboden dat andere heksen zich in haar domein ophielden. Dus realiseerde Tips voogd zich, hoe graag ze ook met magie werkte, dat het onwettig was om meer te zijn dan een Tovenares, of toch op zijn best een Toverkunstenares.

Tip moest hout uit het bos sjouwen, zodat de vrouw haar pot aan de kook kon brengen. Hij werkte ook in de graanvelden, schoffelde en pelde bollen, voedde de varkens en melkte de koe met de vier horens, die de trots van Mombi was.

Nu moet je niet denken dat hij alleen maar aan het werk was; hij dacht dat altijd maar werken slecht voor hem zou zijn. Als hij naar het bos moest, klom Tip vaak in de bomen om vogeleieren te bekijken of hij vermaakte zichzelf door achter de witte konijnen aan te rennen of door met een gebogen spijker te gaan vissen in een van de beekjes. Daarna haastte hij zich om armen vol hout naar huis te brengen. En als hij werd verondersteld om in de maïsvelden te werken, en Mombi hem door de grote stengels niet meer kon zien, wroette Tip vaak in de gaten van de grondeekhoorns, of – als hij er zin in had – deed hij een dutje tussen de rijen maïs. Door zichzelf niet uit te putten groeide hij op tot een sterke en goedgebouwde jonge knul.

De vreemde magie van Mombi beangstigde haar buren, die haar dan ook verlegen, maar wel met respect, bejegenden vanwege haar bizarre krachten. Maar Tip, om eerlijk te zijn, had een vreselijke hekel aan haar, en hij deed geen enkele moeite om dat te verbergen. Soms behandelde hij de oude vrouw met minder respect dan ze verdiende; ze was tenslotte wel zijn voogd.

"Natuurlijk moeten we in de kajuit blijven," zei ze tegen Oom Hendrik en de andere passagiers, "en we moeten zo gedeisd mogelijk blijven tot de storm voorbij is. Want de Kaptein zegt dat als we aan dek gaan we misschien wel overboord kunnen slaan."

Niemand wilde dát risicolopen, daar kun je zeker van zijn; dus blijven de passagiers dichtbij elkaar ineengedoken in de donkere kajuit, luisterend naar het krijsen van de wind en het kraken van de masten en het klapperen van de tuigage en ze probeerden te voorkomen dat ze tegen elkaar klapten als het schip weer eens heen en weer rolde.

Doortje was bijna in slaap gevallen toen ze werd geschokt door de afwezigheid van Oom Hendrik. Ze kon maar niet bedenken waar hij naartoe gegaan kon zijn, en aangezien hij erg zwakjes was begon ze zich zorgen om hem te maken, en vreesde dat hij misschien zo onvoorzichtig was geweest om bovendeks te gaan. In dat geval was hij in groot gevaar tenzij hij ogenblikkelijk weer benedendeks kwam.

Nu was het zo dat Oom Hendrik was gaan liggen op zijn couchette, maar Doortje wist dit niet. Ze wist alleen dat haar Tante Emma haar had gewaarschuwd goed op haar oom te passen, dus besloot ze om aan dek te gaan en hem te zoeken, ondanks dat de storm nu verschrikkelijker dan ooit was, en het schip vreselijk op en neer dook. Inderdaad, het kleine meisje kon zich maar met grote moeite aan de leuning van de trap vasthouden die naar het dek leidde, en al snel had de wind haar zo woest te pakken dat bijna de rokken van haar jurk scheurden. Toch voelde Doortje een soort van vreugdevolle opwinding bij het trotseren van de storm, en terwijl ze zich stevig vast hield aan de reling tuurde ze om zich heen en dacht dat ze door de grauwigheid de schim van een man kon zien die zich aan de mast, niet ver bij haar vandaan, vastklampte. Dit kon weleens haar oom zijn, dus riep ze zo luid als ze kon:

"Oom Hendrik! Oom Hendrik!"

Maar de wind krijste en huilde er zo waanzinnig op los dat ze nauwelijks haar eigen stem kon horen, en de man kon haar al zeker niet horen, want hij verroerde zich niet.

Doortje besloot dat zij maar naar hem toe moest gaan; dus deed ze een flinke stap vooruit, tijdens een luwte in de storm, in de richting waar een groot vierkant kippenhok met touwen aan het dek stond gebonden. Ze kwam daar veilig aan, maar ze had zich nog maar amper goed en wel aan de latten van het hok, waar de kippen inzaten, vastgepakt of de wind, alsof in een vlaag van woede over hoe het kleine meisje zijn kracht dorst te weerstaan, verdubbelde het plotseling woest zijn kracht. Met een schreeuw als van een boze reus tilde de wind het hok de hoogte in, met Doortje die zich nog aan de latten vast hield. Er omheen en er overheen tolde het, dan weer hier en dan weer daar, en binnen de kortste keren viel het kippenhok ver weg in zee, waar de grote golven het te pakken kregen en het hok gleed omhoog naar een schuimende kam en toen naar beneden in een diep dal, alsof het niets meer was dan een speelbal om hen te amuseren.

www.ingramcontent.com/pod-product-compliance
Lightning Source LLC
Chambersburg PA
CBHW020122310726
48970CB00002B/755